«A quienes no desisten en el camino hacia hacer realidad sus sueños y ven siempre el sol, aunque lo tapen las nubes. La vida es eso».
—Azahara Castillo

«Al amor en todas sus formas y a Ramiro, siempre».
—Blanca Millán

 Este libro está impreso sobre **Papel de Piedra**© con el certificado de **Cradle to Cradle**™ (plata). Cradle to Cradle™, que en español significa «de la cuna a la cuna», es una de las certificaciones ecológicas más rigurosas que existen y premia a aquellos productos que han sido concebidos y diseñados de forma ecológicamente inteligente.

 **Cuento de Luz**™ se convirtió en 2015 en una **Empresa B Certificada**©. La prestigiosa certificación se otorga a empresas que utilizan el poder de los negocios para cumplir con altos estándares de desempeño social, ambiental, transparencia y responsabilidad.

Diario de un donjuán del mar
© 2023 del texto: Azahara Castillo
© 2023 de las ilustraciones: Blanca Millán
© 2023 Cuento de Luz SL
Calle Claveles, 10 | Pozuelo de Alarcón | 28223 | Madrid | Spain
www.cuentodeluz.com
ISBN: 9788419464217
Impreso en PRC por Shanghai Cheng Printing Company.
Agosto 2023, tirada número 1881-17
1ª edición
Reservados todos los derechos.
Prohibida la reproducción total o parcial sin la debida autorización.

Diario de un DONJUÁN... del mar

Azahara Castillo   Blanca Millán

¡Jamás había visto una cosa tan bonita!

Flotaba en el agua como un ángel entre las nubes.
Su pelo, acariciado por el mar, era pura poesía.

Tenía una cara tan redonda y tan linda…

Blanca como la nieve, brillaba cual estela en el cielo.

Aunque soleado, era un día frío, pero eso no importaba.

Sus sentimientos eran puros. Lo sabía: ERA ELLA.

Atrás dejó los gritos de
«¡VUELVE AQUÍ A-HO-RA MISMO!».

No tuvo más remedio que ignorarlos, pues las leyes del corazón no entienden de ataduras.

El agua estaba fría, pero su corazón ardía en deseos de conocerla. Y ella debía estar igual, pues, sin moverse, lo esperaba en el mismo sitio en el que la vio emerger.

Sin moverse, lo esperaba...

Pronto lo sabría: no tardaría en alcanzarla.

A medida que se acercaba, su pelo se oscurecía.
El negro azabache le había parecido siempre tan elegante...

Su redonda cabecita era cada vez más abombada.
Síntoma de inteligencia es tener una azotea prolongada...

Una piel que ya no era tan blanca... Su tez amarilleaba y ofrecía una inscripción en su cara.
¡Una chica moderna! Seguro que tendría su gracia.

No lograba ver sus ojos.
¿Pequeñitos? De noche relucirían como luceros.

Los rayos de sol lo cegaban.
El agua estaba cada vez más fría.
Era inminente la llegada.

Cuando, de repente...

Ay, el amor...
Es siempre tan complicado.